MI PRIMER LIBRO

Ya Sé Leer®

Bizcocho

Escrito por ALYSSA SATIN CAPUCILLI
Ilustrado por PAT SCHORIES
Traducido por TERESA MLAWER

rayo

HarperCollins*Publishers*

Biscuit
Text copyright © 1996 by Alyssa Satin Capucilli
Illustrations copyright © 1996 by Pat Schories
Translation copyright © 2001 by HarperCollins Publishers Inc.
Manufactured in China.
For information address HarperCollins Children's Books,
a division of HarperCollins Publishers, 195 Broadway, New York, NY 10007.
www.harperchildrens.com

Library of Congress Cataloging-in-Publication Data
Capucilli, Alyssa Satin.
[Biscuit. Spanish]
    Bizcocho / escrito por Alyssa Satin Capucilli ; ilustrado por Pat Schories;
traducido por Teresa Mlawer.
        p.   cm.—(Mi primer libro ya sé leer)
    ISBN 978-0-06-029755-8(trade bdg.) — ISBN 978-0-06-444310-4(pbk)
    [1. Dogs—Fiction. 2. Bedtime—Fiction. 3. Spanish language materials.]
I. Schories, Pat, ill. II. Title. III. Series.
PZ7.C179Bi   1997   95-9716
[E]—dc20   CIP
                                                                          AC

16 SCP 20 19 18 17 16
❖

Para Laura y Peter que esperan con paciencia
poder tener su propio Bizcocho
—A.S.C.

Para Tess
—P.S.

Éste es Bizcocho.

Bizcocho es pequeño.

Bizcocho es de color canela.

¡Bizcocho, es hora de dormir!

¡Guau, guau!

Bizcocho quiere jugar.

¡Bizcocho, es hora de dormir!

¡Guau, guau!

Bizcocho quiere una galletita.

¡Bizcocho, es hora de dormir!

¡Guau, guau!

Bizcocho quiere agua.

¡Bizcocho, es hora de dormir!

¡Guau, guau!

Bizcocho quiere oír un cuento.

¡Bizcocho, es hora de dormir!

¡Guau, guau!

Bizcocho quiere su mantita.

¡Bizcocho, es hora de dormir!

¡Guau, guau!

Bizcocho quiere su muñeca.

¡Bizcocho, es hora de dormir!

¡Guau, guau!

Bizcocho quiere un abrazo.

¡Bizcocho, es hora de dormir!

¡Guau, guau!

Bizcocho quiere un beso.

¡Bizcocho, es hora de dormir!

¡Guau, guau!

Bizcocho quiere una luz.

¡Guau!

Bizcocho quiere que lo arropen.

¡Guau!

Bizcocho quiere otro beso.

¡Guau!

Bizcocho quiere otro abrazo.

¡Guau!

Bizcocho quiere

acurrucarse en la manta.

25

Por fin se durmió el perrito.

Buenas noches, Bizcocho.